AF564302

Robert WOLF

[illegible]

(Préface de M. Pfister, doyen de la faculté des lettres
de l'université de Strasbourg)

Prix : 6 francs

[illegible]
ÉDITEUR
8, rue Raffet, PARIS (XVIe)

1922

Récits historiques et légendaires

d'Alsace

Robert WOLF

Récits historiques et légendaires d'Alsace

(Préface de M. Pfister, doyen de la faculté des lettres de l'université de Strasbourg)

Prix : 6 francs

MAURICE DE MONTÉ-LÉNÈS
ÉDITEUR
8, rue Raffet, PARIS (XVIe)

1922

PREFACE

Celui qui a rassemblé ces quelques récits historiques et légendaires d'Alsace est un étudiant de l'Université de Strasbourg . M. Robert Wolf. Il a prouvé qu'un jeune Alsacien sait manier la langue française et connaît les traditions du pays natal. En même temps, il a voulu faire du prosélytisme, répandre parmi ses camarades les belles histoires qui sont racontées entre les Vosges et le Rhin et aussi le doux parler de la France : c'est pour eux quil a écrit. Il les conduit du Sud de l'Alsace au Nord, descendant la province avec le Rhin; l'histoire et la légende se coudoient dans ses narrations. Quand ses lecteurs seront plus grands et étudieront à l'Université, ils feront les distinctions nécessaires; en attendant, ils apprendront, en lisant ces pages, à aimer tout ensemble et l'Alsace et la France, la petite et la grande patrie que nous n'avons jamais séparés dans notre affection.

Chr. PFISTER.

Doyen de la Faculté des Lettres
de l'Université de Strasbourg.

" Faisons revivre le passé "

AVANT-PROPOS

« Faisons revivre le passé ». Telle est la devise que nous avons placée en tête de ce recueil. C'est elle qui nous a fait publier ces récits historiques et légendaires d'Alsace.

Loin de nous la prétention de faire œuvre littéraire! Mais nous répétons avec le grand folk-loriste alsacien Auguste Stoeber : *« Dans mon amour du pays natal, je prenais plaisir à évoquer des tableaux des temps passés, en parcourant nos montagnes familières, en m'arrêtant devant les vestiges de nos châteaux, chapelles et couvents; j'aimais à les restaurer par l'imagination et à contribuer à faire aimer le passé de l'Alsace par les habitants mêmes de ce beau pays ».*

La source presque unique où nous avons puisé les légendes fut la grande œuvre de Stoeber : « les Légendes alsaciennes ».

Pour narrer les récits aussi fidèlement que possible, tel qu'ils se content dans le peuple, nous avons adopté la méthode de l'inoubliable poète alsacien précité, qui a été « de se tenir avec une exactitude scrupuleuse, peut-être excessive parfois, à la forme si simple et pourtant déjà si profondément poétique des récits populaires et des chroniques ».

De là une sécheresse apparente. Or, des thèmes mêmes des contes s'exhale une poésie sublime que le narrateur gâtera en additionnant des ornements artificiels.

En livrant ce recueil à l'indulgence et à la bienveillance du public, je remercie vivement tous ceux qui ont bien voulu me prêter leur concours inestimable, en particulier M. Pfister, *doyen de la Faculté de Lettres de l'Université de Strasbourg.*

Que le présent opuscule sache acquérir des amitiés parmi ses lecteurs; c'est là que s'arrête toute notre ambition !

Strasbourg, septembre 1922.

Robert WOLF

Première Partie

HAUT-RHIN

LES NAINS DANS LA CAVERNE AUX LOUPS

Non loin de Férette on voit de grands et larges rochers dans lesquels se cache une caverne très étendue. Là demeurait, il y a quelques centaine d'années, une peuplade de nains. Ils étaient petits et gracieux, mais ils portaient de longues robes allant jusqu'à terre, si bien qu'on ne pouvait apercevoir leurs pieds. Ils ne connaissaient pas la mort et restaient éternellement jeunes. Leurs voix étaient très claires et leurs yeux brillaient comme des étoiles. Leurs ustensiles de ménage resplendissaient de même, car ils étaient faits d'argent. Quelquefois ces nains sortaient de leur caverne pour aider les hommes dans leurs travaux. Cela se passait surtout lors de la fenaison et de la moisson. Ils se répartissaient par couples dans chaque maison, et apportaient eux-mêmes leurs outils. Ils étaient les plus assidus au travail. En quittant les hommes ils leur laissaient toujours de riches cadeaux. Aussi les habitants des villages les aimaient-ils bien et se réjouissaient-ils de leur venue. Ils se montraient reconnaissants et les invitaient à toutes leurs fêtes. Une seule chose leur déplaisait, c'était de ne jamais apercevoir les pieds de ces nains. Pour en connaître au moins l'empreinte, des fillettes allèrent un jour, avant le lever du soleil, répandre du sable sur le sol, à l'entrée de la caverne. Elles pensaient qu'en allant se promener dans la forêt, les nains devraient infailliblement laisser l'empreinte de leurs pieds sur le sable. Dès que les nains eurent passé, les fillettes regardèrent le sable et y virent l'empreinte de pieds de chèvres. En voyant cela, elles rirent si bruyamment que les nains les entendirent. Ils se fâchèrent et rentrèrent dans la grotte. On ne les revit plus jamais à partir de ce moment.

L'ORIGINE DE MASSEVAUX

Toute la vallée de la Doller appartenait autrefois au riche comte Maso, qui demeurait dans son château nommé Ringelstein. Le comte n'avait qu'un seul enfant, un beau garçon, très pieux, qu'il aimait beaucoup. A dix ans, ce fils joua un jour avec d'autres garçons en plein air. La nuit tombait déjà et le petit comte n'était pas encore de retour. Alors Maso, pris de peur, envoya des domestiques à sa recherche, tandis que lui-même regardait impatiemment par la fenêtre. Il vit enfin revenir un domestique d'un air triste, qui lui rapporta la nouvelle de la mort de son fils, tombé dans la Doller, grossie par les dernières pluies. Le lendemain l'enfant fut enterré à l'endroit même où on l'avait trouvé. Le père, affligé, fit construire un couvent et une belle et grande église sur la tombe. On lui donna le nom de Masos Münster (monastère de Maso). Les gens s'établirent, peu à peu, autour de l'église et bâtirent des maisons.

C'est ainsi que la ville prit naissance. Elle fut d'abord nommée d'après l'église, Masomüster, ensuite Masmüster. C'est le nom qu'elle porte encore aujourd'hui (1).

(1) Le nom français Massevaux dérive du latin : *Vallis Massonis*, qui signifie : Vallée de Maso.

LA FONDATION DE THANN

Au XIIe siècle vivait, en Ombrée, un évêque de Gubbio du nom de Thiébault. Se sentant près de mourir, et voulant récompenser la fidélité d'un domestique qui l'avait servi depuis plusieurs années, il le fit approcher de son lit de douleur et, l'ayant béni, l'autorisa à prendre, après sa mort, l'anneau pastoral qu'il portait au doigt.

Le saint homme mort, le serviteur voulut prendre possession de son legs, mais il arriva que, sans qu'il eût fait le moindre effort pour retirer l'anneau de la main, le doigt se détacha entièrement. Pieux comme on l'était à cette époque, le brave homme considéra ce fait comme un miracle que Dieu faisait en sa faveur et, tenant à conserver cette relique du saint qu'il avait fort aimé, il creusa un bâton et y renferma hermétiquement le doigt et l'anneau. Cela fait, il se dirigea à travers les Alpes et la Suisse, vers son pays natal et, le 11 juin 1161, il arriva près d'un hameau, qui existe encore aujourd'hui près de la ville de Thann, et que l'on nomme Vieux-Thann.

Le voyageur s'arrêta au pied de la montagne, au sommet de laquelle se trouve le château

Thann

d'Engelsbourg (1) et s'endormit... A son réveil, quel ne fut pas son étonnement! son bâton, qu'il avait adossé contre un arbre près de lui, avait pris racine, et tous ses efforts furent vains pour l'arracher du sol où il s'était fixé. Quelques paysans accoururent à ses exclamations, criant avec lui au miracle. Des prêtres arrivèrent et le comte de Ferette, averti, déclara qu'il avait vu de son château d'Engelsbourg trois flammes voltiger au-dessus du sapin contre lequel le bâton avait été adossé. Bientôt il fut décidé qu'en ce lieu même une chapelle serait bâtie à Saint Thiébault. Autour de cette chapelle se groupèrent successivement des habitations. Le lieu de pélerinage devint un hameau, et le hameau une ville, à laquelle on donna le nom de Thann.

(1) Engelsbourg signifie : château de l'ange.

SAINT-THIEBAULT SAUVE THANN AU COURS DE LA GUERRE DE 30 ANS

Lors de la guerre de Trente Ans, la ville de Thann fut fortement éprouvée. Pendant douze ans on ne put y faire ni moissons ni vendanges, les habitants n'avaient plus rien pour satisfaire leur faim. La situation était désespérée. Lorsque les Suédois prirent la ville le 30 décembre 1632, la plupart des habitants se réfugièrent dans l'église. Les hordes ennemies l'entourèrent et voulurent les chasser de force. C'est alors qu'apparut Saint-Thiébault dans toute sa gloire céleste et, au même instant, les chevaux suédois perdirent leurs fers et s'enfuirent. Pour commémorer ce miracle, on cloua de nombreux fers aux portes principales de l'église. On pouvait les y voir encore au commencement du siècle dernier.

LES ARMEES ENSORCELEES

Non loin de Cernay s'étend une grande plaine stérile, appelée le Champ des Bœufs (Ochsenfeld). Le soir, un sourd cliquetis d'armes s'y fait souvent entendre. C'est ici que sont ensorcelées et emprisonnées dans d'immenses cavernes souterraines les armées des fils infâmes de Louis le Débonnaire, qui avaient trahi leur père à cet endroit en 833. Les voyageurs tardifs durent souvent subir, jusque dans la contrée de Cernay et de Thann, la compagnie inquiétante de guerriers, portant une lourde cuirasse.

Un jour, comme un paysan des environs passait par là, un guerrier sortit subitement de terre et lui annonça l'époque à laquelle lui et ses compagnons seraient délivrés du charme prononcé contre eux. Puis il disparut subitement. Au Moyen-Age on voyait aussi quelquefois l'armée entière passer dans les airs, surtout quand il y avait pleine lune.

LA BATAILLE D'ARIOVISTE

La tribu gauloise des Séquanes, attaquée par une autre tribu, les Eduens, appela le chef de bandes germanique, Arioviste, à son secours Celui-ci franchit le Rhin avec de nombreuses peuplades et battit les Eduens en plusieurs combats. Mais, non content de posséder le Sundgau que les Séquanes lui avaient cédé, il s'établit dans toute l'Alsace et s'apprêta à conquérir la Gaule. C'est alors que Jules César, le fameux général romain, vint en aide aux Eduens menacés de perdre leur indépendance. Après une entrevue infructueuse avec Arioviste, César vainquit complètement les troupes germaniques dans une grande bataille près de Mulhouse. Les survivants furent refoulés au-delà du Rhin.

Dès lors, les Romains occupèrent l'Alsace, et ce n'est que quatre siècles plus tard, à l'époque des grandes migrations de peuples qu'elle tomba de nouveau au pouvoir de peuplades germaniques.

LE CHATEAU DE WILDENSTEIN

PENDANT LA GUERRE DE TRENTE ANS

Le dernier village au fond du beau val de Saint-Amarin s'appelle Wildenstein, nom provenant d'un château féodal qui s'élevait tout près sur un grand rocher de granit. Aujourd'hui il n'en reste que quelques ruines. Ce château appartint longtemps à l'abbaye de Murbach qui possédait une grande partie du val de Saint-Amarin. Au début de la guerre de Trente Ans, le château était occupé par des troupes allemandes et lorraines, qui étaient alliées. En 1634 elles y furent assiégées par les Français et durent se rendre à l'ennemi qui occupa le château. Mais l'anné suivante, les Lorrains revinrent et le reprirent. Ils le gardèrent pendant dix ans, faisant pendant ce temps bien du mal aux habitants de la vallée. A la fin, le manoir changea encore une fois de propriétaire en passant aux Suédois qui le firent sauter et seuls quelques murs subsistèrent qui marquent aujourd'hui l'emplacement où il s'élevait jadis.

LES ARMAGNACS A GUEBVILLER

En 1444, des bandes armées venant de France, envahirent l'Alsace et prirent de nombreuses villes. Elles portaient le nom d'Armagnacs, terme dérivé du nom de leur chef, le comte d'Armagnac. Le peuple changea ce nom en celui d' «Arme Gecken qui veut dire pauvres gueux. Ils furent aussi appelés les écorcheurs, nom qu'ils méritaient bien, car ils se distinguaient par des actes d'une cruauté inouïe : ils pillaient et dévastaient villes et villages, torturant et tuant les habitants.

C'est ainsi qu'une bande arriva à Guebviller le jour de la fête de Saint Valentin, le 14 février, à trois heures du matin. Approchant en grand secret des murailles, elle réussit à y accrocher des échelles et à escalader le rempart ; mais, par mégarde, les pillards firent tomber de grosses pierres, amassées là pour les jeter sur les ennemis. Le bruit de leur chute éveilla le garde de nuit. Une jeune fille nommée Brigitte Schick qui, par hasard, veillait encore, alluma des bottes de paille et les lança contre les assaillants. L'alarme fut ainsi donnée ; la population accourut en toute hâte et put repousser les envahisseurs. Depuis ce temps, la fête de la Saint-Valentin est célébrée avec solennité à Guebviller. On montre encore dans l'église les échelles que l'ennemi dut abandonner.

LES FEMMES DE ROUFACH

Rouffach était, vers le XIIe siècle, la capitale d'un domaine appartenant aux évêques de Strasbourg; ces prélats y firent construire une importante forteresse à laquelle on donna le nom d'Isenbourg, le château de fer.

Mais lorsque vers l'an 1166 la guerre des Investitures vint ébranler l'Europe, l'empereur Henri IV se déclara pour l'anti-pape Clément, et, afin de forcer tous les prélats de son empire à le reconnaître, il fit saisir et confisquer les biens des évêques qui se refusèrent à l'imiter. Parmi ces derniers on remarqua l'évêque de Strasbourg. Par ordre de l'empereur, le territoire de Rouffach fut saisi, le château occupé par des gens d'armes et bientôt, au gouvernement paternel des évêques, succédèrent l'oppression, la tyrannie et la terreur.

Mais un jour, cette usurpation que sanctionnait la présence d'une armée, cette tyrannie qui courbait la ville sous son sceptre de fer, fut renversée par les cris, par les pleurs d'une femme.

Le jour de Pâques, le gouverneur du château osa faire enlever une jeune fille noble que sa mère conduisait à l'église. La mère éplorée en appela, dans sa douleur, au courage et à l'indignation de ses concitoyens. Elle les supplia de lui sauver la vie à elle-même, et l'honneur à sa fille. Mais la crainte du supplice, l'aspect menaçant de la garnison glacèrent tous les cœurs, paralysèrent tous les dévouements. Alors cette femme, dans son désespoir, ameuta les mères de famille, leur dépeignant sa honte qui pourrait un jour ou l'autre être la leur. Et les femmes s'armèrent et se précipitèrent au château. Bientôt les portes volèrent sous leurs coups, la garnison surprise ne put se défendre et l'empereur lui-même fut obligé de s'enfuir à Colmar. Les femmes s'emparèrent de sa couronne, de son sceptre et de son manteau impérial, qu'elles accrochèrent à l'autel de la Vierge.

En souvenir de cet événement, le magistrat leur concéda la première place dans toutes les cérémonies publiques, et cette prérogative, elles la conservent aujourd'hui encore, dit-on, car elles occupent la droite à l'église.

LE COMTE HUGO D'EGUISHEIM

Sur un mont, près de la ville d'Eguisheim, non loin de Colmar, se dressaient trois vieux châteaux, dont il ne reste aujourd'hui que trois tours, les trois Exes. Le puissant comte Hugo d'Eguisheim y résidait, il y a sept cents ans. Il avait un fils nommé Bruno. Un soir, une vieille femme frappa à la porte du château et demanda à parler au comte. On la laissa entrer. C'était une devineresse. Elle dit au comte : « Tu es un riche et puissant seigneur; mais ton fils Bruno sera encore plus puissant et plus grand que toi. Tu t'agenouilleras devant lui et tu baiseras la poussière de ses pieds. »

Cela dit, elle disparut, laissant le comte seul et inquiet. Il supposa que son fils se révolterait plus tard contre lui. Pour éviter la réalisation de cette prophétie il résolut de le faire tuer par son chasseur dans la forêt voisine. L'ordre exécuté, il devait lui apporter le cœur de Bruno. Mais le chasseur, qui aimait l'enfant, l'amena chez un de ses amis et rapporta au comte le cœur d'un chevreuil. Le comte, croyant l'enfant mort, se sentit rassuré. Mais bientôt il fut pris de remords. De jour en jour il devint plus inquiet et rien ne pouvait lui procurer du plaisir.

Il s'accusa d'être l'assassin de son innocent enfant. Repentant, il fit appeler son confesseur, lui avoua son crime et demanda la plus sévère des pénitences. Mais le prêtre lui déclara que son crime était si grave que le pape seul pouvait l'en absoudre. Hugo consentit à aller à Rome, bien que l'on fut en hiver

Sans compagnons il traversa à pied les contrées neigeuses des Alpes, et, après bien des fatigues, arriva à Rome. Hugo se rendit auprès du pape Léon IX, s'agenouilla devant lui, avoua son délit et demanda pardon. Le pape l'ayant entendu, détourna les yeux pendant quelques instants. Puis il dit au comte : « Ton fils Bruno n'est pas mort, il vit ; le chasseur ne l'a pas tué. De bonnes gens l'ont adopté et lui ont donné quelque instruction. Il devint prêtre, puis évêque et finalement pape. C'est moi ton fils ».

Et il serra son père dans ses bras. Le bonheur parut si grand au comte qu'il pouvait à peine y croire.

De retour à Eguisheim, il fit beaucoup de bien aux pauvres et aux malades.

Monument Rosselmann à Colmar

LE MAIRE RŒSSELMANN DE COLMAR

En 1261, une guerre importante mit Colmar à deux doigts de sa perte. Les habitants, commandés par leur maire, Jean Rœsselmann, s'étaient unis à la bourgeoisie de Strasbourg pour attaquer l'évêque Walther de Geroldseck. Celui-ci s'emprit aux nobles de la ville et les força à demander le bannissement de Jean Rœsselmann, homme d'humble extraction, qui, dans cette circonstance, lui fut sacrifié. Le proscrit, esprit hardi et vindicatif, se rendit au camp de Rodolphe de Habsbourg, qui avait été dans la dernière affaire l'allié de la bourgeoisie. Rodolphe, aussi entreprenant que le Schultheiss (1), lui vint en aide, et bientôt le banni rentra dans la ville caché dans un fût.

(1) Schultheiss, vieille dénomination allemande qui signifie : maire.

L'ORIGINE DES BAINS DE SULZBACH

Un berger faisait paître ses bêtes dans un pré non loin de l'endroit où s'élève actuellement le village de Sulzbach. Dans son troupeau il y avait une vache remarquable par sa taille et son poil luisant. C'est pourquoi le berger la préférait de beaucoup au reste de son troupeau. Il s'aperçut un jour que, lorsque les autres vaches s'étaient couchées dans l'herbe, elle partait rapidement et disparaissait dans la forêt. Il la suivit et la vit en train de boire à une source limpide jaillissant d'un rocher. Ayant également bu de cette eau, le berger la trouva très réconfortante. La nouvelle de cette découverte se répandit bientôt dans tout le pays et attira un grand nombre de convalescents. C'est alors qu'on y bâtit un grand établissement de bains, qui fut l'origine du village de Sulzbach.

LE GEANT DU HOHNACK

Oyez, entants, le conte que grand'mère
Narra hier soir, au coirail (1) chez le maire.
Grand'mère a mis de côté son cabas,
Prisé trois fois largement du tabac,
Ayant enfin rajusté ses lunettes,
Elle nous dit en paroles très nettes :
« Mes chers amis, jadis il fut un temps,
Qui n'est pas d'hier mais de longtemps, long-temps,
Où Labaroche n'était point encore.
Où le matin l'éblouissante aurore
Apparaissant là-haut sur les Ebris (2)
N'empourprait rien que d'informes débris :
Ni blanches maisons, ni vertes prairies,
Ni champs, ni forêts, ni ronces fleuries;
Mais un désert de rocs accumulés.
Noirs, calcinés, givrés, glacés, gelés!
Ah! vous riez! Hé! dis-je une bêtise ?
Ce que j'ai lu n'est point une sottise!

(1) Mot patois lorrain qui signifie : veillée.

(2) Forêt tout proche des Trois-Epis, sur le chemin de Labaroche.

Nos deux beaux lacs, le lac Noir, le lac Blanc
Etaient jadis un énorme volcan
Qui, vomissant des pierres enflammées,
Du feu, du soufre et d'horribles fumées,
Semait partout la terreur et la mort,
Rongeait le sol. Ainsi l'âpre remords
Dévore une âme impie et pécheresse
Et la désole par la sécheresse.
Mais le volcan a cessé de frémir ;
A la chaleur, chaleur qui fait blémir,
Succède un froid, un froid à pierre fendre,
Et sur le sol, qui ne peut s'en défendre,
Bientôt s'allonge un immense glacier,
Blanc comme un lys et dur comme l'acier.
Or en ce temps dont ma vieille mémoire
Sait tous les faits lus dans un vieux grimoire,
Vivait, au sein du Holmack, un géant
Affreux, énorme, et vilain mécréant.
Plus élevé que la tour de l'église,
Il fracassait, comme un noyau d'alise,
De ses talons nerveux et plantureux,
Les rocs gênant ses pas aventureux.
Son corps avait, j'ai bonne référence,
Au moins vingt mètres de circonférence,
Et sur son dos aussi fort qu'un bastion
Il eut porté la Pique et le Gestion (1)
Ses longs cheveux flottaient comme la traîne
Qu'une comète derrière elle entraîne.
Quant à sa barbe, elle rasait le sol
Et lui servait, enfants, de parasol,

(1) Deux montagnes de Labaroche

De parapluie, ainsi que de serviette
Pour nettoyer ses dents et son assiette!!! (1)
Ah! mes amis, que vous auriez eu peur
D'apercevoir cet infernal sapeur,
L'un des géants dont nous parle l'histoire,
Puissants, fameux, de malice notoire!
Voyez : sa main saisit un roc branlant,
Le lève et le lance jusqu'à Fréland !
Il parle, o ciel! le sol s'agite et tremble
Et frissonne, comme ferait un tremble,
Quand l'ouragan déchaînant ses fureurs
Par la forêt promène ses horreurs!
Il rit, il rit, son rire épouvantable
Se répercute, en écho lamentable
Jusqu'à Strasbourg et tout le long du Rhin
Jusqu'à Belfort et par tout le Haut-Rhin !
En un clin d'œil son grand corps se déplace
Et peut sauter du Léman sur la Place (2)
Or, ce géant, voulant rire et jouer
Conçut un plan qu'on ne peut trop louer.
Un beau matin, il sort de sa caverne
Tout en songeant à quelque baliverne;
Puis il se dresse au sommet du Holznack
Vaste éléphant dont il est le cornac,
Etend les bras et d'un bond mirifique
Saute jusqu'à cet endroit magnifique,
Qui disjoint la Trinque et ses habitants
Des gais Evaux et des tristes Etangs.

(1) Ici grand'mère radote quelque peu, mais c'est tout à fait de mise et de couleur locale.

(2) Deux endroits de Labaroche distants d'une demi-heure.

Comme un torrent qui gronde et qui bouillonne,
Notre géant, de nature brouillonne,
Plus courageux que les hardis nochers
Se précipite à travers les rochers,
Les talonne, les écrase, les casse :
De là son nom de : « Grand géant Fracasse ».
Les jette au loin et creuse un long sillon
Qui, par ses soins, se transforme en vallon.
Admirez-le ! d'un coup de ses épaules
Il élargit le passage des Baules.
Il court, il court, les Mülles, les Christés
Courbent leur front, sous ses pas enchantés !
L'Etang, l'Eglise et la Basse Baroche
Sont délivrés de leur pesante roche.
De tous côtés le roc vole en éclats
Vers les Evaux et par dessus le crâs.
Il court, il court jusque près de Marville (1)
Creusant, creusant, jusqu'aux bords de la ville.
Mais là soudain il s'arrête en riant,
L'œil tout en feu, le front tout souriant ;
Il se retourne et, fier de son ouvrage,
Il s'applaudit de son noble courage,
Et depuis lors, dans un grand souterrain
Dont on ne peut aborder le terrain,
Près du château, non loin de Girogoutte,
Comme un soulard enivré par la goutte (2),
Il dort, il dort, d'un sommeil long et lourd,
Aveugle et sourd, sans paroles, balourd !
Pourtant, parfois, au milieu des ténèbres,

(1) Nom français d'Ammerschwihr.

(2) Mot vosgien, qui veut dire : eau-de-vie.

L'on peut ouïr ses ronflements funèbres.
Alors, enfants, priez et signez-vous.
Hâtez vos pas, gagnez votre chez vous !
Par dessus tout, o fatale imprudence !
N'agacez point, dans votre outrecuidance,
Le grand géant qui dort sous le Hohnack
Car autrement, o grand dieu! crac, crac, crac,
Ah quel malheur, quel cataclysme horrible !
Oh! j'en frémis, tant il serait terrible !
Tout Labaroche et tous les alentours
Devraient subir le plus vilain des tours ! »

Il est fini le conte si tragique,
Que fit grand'Mère, en son style magique;
Je vous le livre sans le retoucher;
Sur ce, bonsoir, je m'en vais me coucher.

Le 11 décembre 1917.

C. A. M. E. E.

LE MOUCHOIR DU DIABLE

Venez enfants, venez au corail chez grand'mère;
Elle a du chocolat, du thé, de douce-amère,
Du sucre et des bonbons et de petits pâtés
Si succulents, que vous en serez épatés !!
Elle a bien mieux encor, savoir un joli conte.
Hâtez-vous, car déjà voici qu'elle raconte :

« Or donc, amis très chers, jadis il fut un temps
Où notre Labaroche était à son printemps.
Il me semble le voir, ce grand et beau village,
Ignorant les soucis et les rides de l'âge,
Etalant au soleil, dans les vergers en fleurs,
Ses nombreuses maisons aux joyeuses couleurs
C'était bien loin d'ici, loin de notre montagne,
Là-bas dans la Gascogne ou bien dans la Bretagne ;
Où? je ne le sais plus, en tous cas c'est certain.
Les anciens me l'ont dit, quand j'étais au matin
De ma longue existence aujourd'hui centenaire,
Et ma vieille mémoire est un dictionnaire,
Où les contes d'antan et les faits du passé
Se gardent toujours frais, malgré mon corps cassé.
Mais retournons, amis, à notre Labaroche
Charmant, fringant, coquet, sans épines, sans roche.

Il était habité par des hommes méchants.
Ne pensant point à dieu, ne rêvant qu'à leurs champs.
Tout respirait en eux l'orgueil et l'opulence:
Au son des violons berçant leur indolence,
Courant tous au bonheur sans pouvoir le saisir,
Ils savouraient sans frein l'ivresse du plaisir.
Le veau d'or était maître en leur âme traitresse
Et fermait sans pitié leur cœur à la détresse;
Ils méprisaient le ciel, maudissaient la douleur.
Se vaincre était pour eux le suprême malheur!
Tant et si bien que dieu, courroucé par leurs crimes,
Jura de les livrer au prince des abîmes.
« Va, dit-il à Satan, va, charge-les de fers
Va, prends-les, jette-les au fin fond des enfers. »
« Merci, répond le diable, ah! ah! la bonne aubaine!
Fait-il entre ses dents noires comme l'ébène,
Cette fois je les tiens, ils n'échapperont pas
Aux éternels tourments de l'éternel trépas. »
Et Satan aussitôt de trépigner de joie,
Car une âme est pour lui la plus exquise proie.
Et d'un coup de filet, il pouvait en ce jour
En ravir dix-neuf cents au céleste séjour !
Voyez-le, mes très chers, cet infernal vampire,
D'un coup d'aile, il franchit son ténébreux empire.
Il est à Labaroche, ah! il s'y laisse choir!
Voyez-le déployer un immense mouchoir!
O grand dieu que fait-il? Il enlève l'église
Il cueille les maisons comme on cueille l'alise.
Cueille les animaux, cueille les habitants.
Les met dans son mouchoir aux coins exorbitants.
Bien vite il le replie, et ses serres affreuses
Emportent dans les airs ces âmes malheureuses.

Comme il ricane alors l'infâme, l'assassin !
Qui pourrait lui ravir son barbare larcin ?
Et maintenant il part, il traverse la France,
Pour se rendre au séjour de la pure souffrance.
Mais voici que, volant tout près du Veurvônnais (1)
Il entend un grand bruit qui vous l'arrête net.
Qu'est-ce donc ? Il regarde, oh ciel comme il en rage !
Désormais ce n'est fait de son plus bel ouvrage !
De l'immense mouchoir s'échappe une maison,
Puis deux, puis cinq sortent de leur prison !
Mais où donc est l'auteur de ce désastre horrible ?
Le voilà ! Saint-Michel son ennemi terrible,
Qui, d'un coup de sa lance, a percé le mouchoir !
Fuyons ! clame Satan, elles vont toutes choir !
Et pressé, harcelé par l'invincible archange,
Il s'enfuit éperdu celui qui fut un ange,
Et n'est plus qu'un démon pire qu'un caïman.
Il vole sur la Place et s'envole au Léman (2)
Passe sur les Evaux, revient à Giragoutte
S'enfuit à Phimaroche et se cache à la Goutte.
Le voici sur le crâs, aux vieux champs, au Gazon,

(1) Mot patois de Labaroche pour désigner le Hohnack. Il signifie : montagne du dieu gaulois Barbo ou Vawo (dieu des sources). De là aussi les noms français de Bourbon et Bourbonne.

(2) Tous les noms propres cités dans ce vers et dans les suivants désignent différents quartiers de Labaroche, souvent très distants les uns des autres. Labaroche est une commune du Haut-Rhin située tout près des Trois-Epis, d'une immense étendue et d'un pitoresque enchanteur. Elle ne renferme ni village ni hameaux proprement dits ; ses maisons sont comme semées à tout vent et au hasard : dans les vallons, sur les collines, aux flancs des rochers, au bord des forêts, ce qui lui donne un charme tout particulier.

Du mouchoir chaque fois s'échappe une maison.
Il remonte à la Trinque et gagne la Rochette
Les Mûlles, les Chalprés, le Château, la Bassette
Il file à la Rochure et s'arrête aux Etangs
Et toujours le mouchoir perd de ses habitants.
Il grimpe à Fiacote et saute à La Chapelle
Mais c'est son mauvais sort qui l'attire et l'appelle
Car là comme partout ses heureux prisonniers
Volent comme pigeons fuyant leurs pigeonniers.
Il court à Promaingoutte, à Fontenelle, au Chêne
Aux Cottis, au Correau, trainant sa lourde chaîne
Il descend au Linbach et survole le Breu
Suant, soufflant, jurant en turc et en hébreu :
Car le grand Saint-Michel de sa vaillante lance
Sans cesse le poursuit, le lance et le relance.
Et perçant le mouchoir, à l'aspect jaune et roux,
Y fait, en un clin d'œil, des centaines de trous.
Satan frémit, rugit, tombe de roche en roche
Se précipite enfin vers la Basse Baroche.
L'église et son clocher tout au fond du mouchoir
Sortent avec fracas, s'élancent et vont choir
Juste sur le coteau si gai, si romantique
Où le temple de dieu dresse sa tour antique.
Le diable a tout perdu! Confus, le noir voleur
Déplorant à jamais sa honte et son malheur,
S'engouffre dans l'enfer où d'éternelles flammes
Lui font payer cent fois ses nombreux larcins d'âmes.
Quant au fameux mouchoir, la Roche du Corbeau (1)
Le reçoit dans ses flancs et lui sert de tombeau.
Ah! que de fois j'ai vu ses loques lamentables
Projeter dans la nuit des feux épouvantables !

(1) Superbe Rocher à vingt minutes des Trois-Epis.

O mes chers innocents, gardez-vous d'approcher,
Quand vous allez au bois, du bas de ce rocher ;
Car le sol caillouteux couvre et cache un grand
[gouffre :
De charbons enflammés,d'eau bouillante et de soufre;
Les débris du mouchoir fabriqué par l'enfer
Dégagent une odeur digne de Lucifer.
Des miasmes malsains et des gaz cyaniques :
Les humer c'est la mort : tant ils sont sataniques!
Cependant nos aïeux changés sans contredit
Ont juré guerre et mort à Satan le maudit.
Catholiques fervents, à leurs serments fidèles
Ils ont donné le jour à des chrétiens modèles
Chérissant le travail et la simplicité.
Illustres par leur foi, leur générosité.
Vous savez désormais ce pourquoi Labaroche
Est ici maintenant, ferme comme la roche :
Pourquoi ses murs bénis, semés par monts et vaux,
S'étendent des beaux Jets jusqu'aux riants Evaux.
C'est aussi depuis lors que le prince des Anges,
Ce dont à l'Eternel soient honneur et louanges,
Fut choisi pour garder, de son glaive éclatant,
Ceux qu'il avait repris aux griffes de Satan.
Amis, prions-le tous, qu'il nous donne courage
Pour vaincre le démon et rire de sa rage.
Mais je termine, enfants, j'entends sonner minuit ;
Allons, séparons-nous, au revoir, bonne nuit.

Nuit de Noël 1917.

C. A. M. E. E.

Trois-Epis

ORIGINE DES TROIS EPIS

Vers la fin du XVe siècle, l'endroit où s'élève actuellement la chapelle des Trois-Epis était connu sous le nom de (1) « Place de l'Homme Mort ». Le 3 mai de l'année 1791, un habitant d'Orbey, Thierry Schœré, voulant se rendre à Niedermorschwihr y acheter du blé, passa à cheval par cet endroit. Soudain, une forme blanche apparut à ses côtés. L'apparition tint dans une main trois épis, montés sur une seule tige, de l'autre main, elle tint un glaçon. D'une voix douce et suave elle lui ordonna d'élever à cette place une chapelle en l'honneur de son fils Jésus, afin que les habitants de Niedermorschwihr y viennent, prier. Le pauvre paysan hésite, et objecte qu'on ne lui croira pas. Mais l'apparition, lui montrant les épis et le glaçon, dit : « Explique le sens de ces deux signes et l'on te croira ». Là-dessus, elle disparaît. Thierry Schœré, chevauchant vers la vallée, ne sait pas quoi faire, enfin il décide de ne rien dire de son aventure. Arrivé au marché, il achète son blé,

(1) D'après la légende le nom provient du fait suivant : Un faucheur maladroit, voulant tuer un limaçon, s'était blessé au cou avec sa faux. Privé de tout secours, il était mort sur place.

mais ô miracle, quand il veut charger le sac de blé sur son cheval, il lui est impossible de le soulever. Thierry demande secours, mais, malgré les efforts réunis de plusieurs personnes, le sac reste immobile. Alors Schœré se souvient de l'apparition et, sans plus tarder, raconte son histoire. Sa mission accomplie, il put charger le blé sur sa monture et il retourna allègre et content chez soi.

Le lac blanc

LE LAC BLANC

Les eaux du Lac Blanc devinrent une fois ternes et sombres. Tous les poissons moururent, les plantes se fanèrent, et en même temps une terrible maladie ravagea la contrée. On apprit que c'était un châtiment céleste et qu'on ne pourrait apaiser la colère divine qu'à la condition de sacrifier un petit enfant en le noyant dans le lac. Mais aucune mère ne consentit à donner un des siens. Un jour, le fils d'un comte des environs, jouait sur une pelouse, surveillé par sa bonne. Tout à coup un immense vautour s'abattit sur l'enfant, voulant l'emporter dans son aire, s'envola au-dessus du lac en le tenant dans ses serres. Mais, comme l'enfant était trop lourd, il le laissa tomber dans le lac. Immédiatement l'eau redevint limpide et l'épidémie cessa de sévir dans tout le pays.

LAZARE SCHWENDI

Non loin de Colmar, à l'entrée du val de Munster, se dresse le vieux château de Hohlandsberg. Vers l'an 1570, il était la propriété du général Lazare Schwendi. Schwendi était un vaillant soldat.

Lorsqu'il ne put plus servir dans l'armée, l'empereur lui donna une pension de 20.000 livres et le titre de grand-prévot de Kaysersberg. Mais il n'y résidait pas; il demeurait dans son château de Kienzheim et il est enterré dans l'église de ce village. Sa venue en Alsace est d'une grande importance, parce qu'il a introduit chez nous la vigne de Tokay.

En reconnaissance, la ville de Colmar lui a érigé, il y a quelques années, une statue près de l'ancien hôtel de ville. Une rue de Strasbourg porte son nom pour la même raison.

Kaysersberg

LA MORT TRAGIQUE D'UN SEIGNEUR DE RIBEAUVILLE

On raconte que Girsberg, dont la physionomie rappelle les donjons maudits que les romanciers d'un autre âge prenaient si souvent pour le théâtre de leurs drames, était habité autrefois par un baron passionné pour les exercices de la chasse. Chaque jour, avant que le soleil eût pénétré jusqu'à la tour, son frère qui habitait le château de Saint-Ulrich l'éveillait en lançant une flèche contre le volet de sa chambre. Un jour que, plus pressé que de coutume, il attendait, avec impatience, le signal devant lui annoncer que l'heure du plaisir était venue, il ouvre sa fenêtre, s'avance et reçoit dans le sein le trait fatal décoché dans le même instant par une main chérie. On montra longtemps la fenêtre où la mort vint si subitement surprendre l'infortuné châtelain.

Ribeauville

LES PEIFFERBRUEDER DE RIBEAUVILLE

Autrefois, les musiciens ambulants s'appelaient les Pfeiffer. En Alsace, ils formèrent une corporation qui fut appelée la corporation des Pfeifferbrüder. Leur protecteur était le comte de Ribeaupierre qui portait le nom de Pfeifferkaenig. Il pouvait déléguer ses pouvoirs à un vice-roi.

Chaque année, le huit septembre, les musiciens tenaient leur réunion à Ribeauvillé. Ils se rassemblaient à l'auberge des ménétriers dont on admire encore aujourd'hui la gracieuse tourelle, y réglaient leurs affaires, recevaient de nouveaux membres et payaient leurs cotisations annuelles. La séance levée, ils formaient un cortège. Les cloches sonnaient à toute volée et les musiciens, la bannière déployée, se rendaient à travers la ville à Notre-Dame de Dusenbach pour y entendre la grand-messe. Après la cérémonie, le cortège gravissait la montagnee pour rendre hommage à son chef, le seigneur de Ribeaupierre. Ensuite la troupe allait dîner à l'auberge des ménétriers. Le repas terminé, la fête commençait. Trois jours durant on dansait sur la place publique et l'on s'amusait, chacun à sa façon.

Encore aujourd'hui, le huit septembre est un jour de fête, mais il n'est plus qu'une simple foire un peu plus animée que celles du voisinage avec cortège historique rappelant les fêtes de jadis.

LA ROSE D'ARGENT

Dans les mines de Sainte-Marie-aux-Mines régnait autrefois un bon gnome. Il fréquentait beaucoup les hommes et ne leur faisait que du bien. Mais il fut payé d'ingratitude. Un jour, ayant vu la jolie fille d'un mineur, il désira l'épouser, mais elle lui refusa. Depuis ce jour, le gnome vécut enfermé dans l'intérieur de la montagne, et, par vengeance, combla tous les puits, rendant ainsi toute exploitation impossible. On l'entendait parfois, frapper aux parois des puits. Une seule fois encore il se montra pour donner à la fille du mineur, une belle rose d'argent, puis disparut. On garde cette rose encore aujourd'hui dans la famille de cette jeune fille, mais aucun étranger ne doit la voir, sinon elle perd sa valeur. Elle s'ouvre chaque fois pour annoncer du bonheur à la famille, et elle se ferme pour prédire un malheur.

Un jour, le gnome ouvrira les riches veines d'argent.

Deuxième Partie

BAS-RHIN

ORIGINE DE SELESTAT (1)

Peu de cités prétendent à une origine aussi fabuleuse. Plus antique que la ville qui s'éleva aux sons de la lyre d'Amphion, Sélestat daterait de la guerre des géants. L'un d'eux, que l'on nommait Sletton, arrachant les rochers des flancs des montagnes, creusa de sa main puissante la vallée qui commence près de la ville même. On voit encore, sous la porte de l'hôpital, des ossements gigantesques, où l'on croit reconnaître une côte de ce célèbre fondateur de la ville. Mais on découvre au premier examen que cette côte qui indiquerait un homme de vingt pieds de hauteur, provient d'un énorme cétacé, et n'a rien de commun avec celles qui font partie de la charpente osseuse de l'homme.

(1) Schlestadt.

Sélestat, porte de l'Hôpital

LA
COMTESSE GEROLDSECK DE SCHWANAU

En 1333, la ville d'Erstein fut engagée pour une forte somme entre les mains de Burkard de Horbourg et de Walther de Géroldseck, évêque de Strasbourg. Mais, lors de la révolte des Strasbougeois contre leur évêque, ceux-ci marchèrent contre Erstein, en rasèrent les fortifications et brûlèrent le château de Schwanau, qui était sur les bords du Rhin à une lieu d'Erstein.

Le siège de ce château, qui était sans doute un fief relevant de l'évêché, est l'un des plus remarquables que renferme l'histoire d'Alsace. La ville de Strasbourg s'était associée en cette circonstance avec les villes de Fribourg en Brisgau, Zurich, Bâle, Lucerne et Berne.

Une légende raconte que, lorsque le château de Schwanan fut obligé de capituler, une seule personne, l'épouse du châtelain Walter de Géroldseck (1), n'eût pas à se soumettre à la condition imposée par les vainqueurs interdisant le départ des habitants. Ayant obtenu la permission de passer le pont-levis avec son bien le plus cher, elle sortit du château, emportant, sur ses épaules son mari et son fils dans ses bras.

(1) Originaire de Tubingue.

LES ANCIENS HABITANTS DE L'ALSACE

Avant la conquête par les Romains, l'Alsace était habitée par les Celtes ou Gaulois et faisait partie de la Gaule.

Les Celtes étaient des hommes rudes et peu civilisés. Leurs principales occupations étaient la guerre, la chasse et la pêche. Ils s'armaient d'un heaume, d'une lance, de flèches et d'un bouclier. Ils cultivaient très peu la terre. Ne travaillant presque pas, ils importaient des étoffes, des bijoux et quelques céréales. Leurs habitations étaient petites, basses et sombres, car elles n'avaient pas de fenêtres.

Au-delà du Rhin, habitaient les Germains, peuplade barbare et inhospitalière. Ils convoitaient depuis toujours la rive gauche du Rhin pour sa fertilité et sa richesse. Un jour, une de leurs tribus, les Suèves, y firent une incursion et repoussèrent les Gaulois surpris, jusque dans les Vosges. Là, ceux-ci s'installèrent et ils bâtirent des camps fortifiés sur les sommets des montagnes.

Le mur païen du mont Saint-Odile est le mur d'enceinte d'un de ces camps. Il a une grande étendue et il faut, paraît-il, trois heures pour en suivre les contours. C'est un des plus grands et des mieux conservés qu'on connaisse.

Mont Sainte-Odile mur païen

Sainte ODILE

Vers l'an 660 le duc Adalric gouvernait le pays d'Alsace. Son épouse était la pieuse Béreswinde. Tous deux résidaient dans leur château à Obernai ou dans celui d'Hohenbourg. Le premier enfant qui leur naquit, fut une fille aveugle; Adalric aurait voulu un fils. De plus, comme l'enfant était faible et infirme, il voulut la faire tuer. Mais la mère la confia en secret à une nourrice de Scherwiller qui prit soin de l'enfant et, quelques jours plus tard, elle l'emmena dans un couvent, loin de l'Alsace. Là, la petite fille fut baptisée et reçut le nom d'Odile. Pendant le baptême, elle recouvra complètement la vue. Odile resta dans ce monastère et y grandit.

Lorsqu'elle fut plus âgée, le désir la prit de rentrer chez ses parents et l'un de ses frères la fit venir. Quand Adalric vit arriver la voiture avec Odile, il demanda à son fils : « Qui est-ce qui vient là? » Celui-ci lui répondit : « C'est ma sœur Odile, je l'ai fait venir. » Le père, dans un accès de colère tua son fils qu'il aimait pourtant bien. Mais, pris de remords, il accueillit quand même sa fille.

Peu après, Adalric voulut marier sa fille, bien

qu'elle témoignât le désir d'entrer au couvent. Désolée de se voir traitée ainsi, la jeune fille s'enfuit, passa le Rhin, et, poursuivie par son père jusqu'à un rocher sous lequel elle s'était abritée, elle supplia Dieu de la protéger; la roche s'entr'ouvrit et cacha Odile jusqu'à ce que le danger fut passé.

Adalric rappela enfin sa fille, lui pardonna et déclara qu'il ne contrarierait plus ses vœux. Il lui donna son château de Hohenbourg dont elle fit un monastère : c'est le couvent qui porte le nom de sa fondatrice, le couvent de Sainte-Odile.

Sainte-Odile

LA GUERRE DANS LES CAVES A ROSHEIM

En 1212, Rosheim avait été donnée en gage par Frédéric II au duc de Lorraine. A la mort de ce prince, l'empereur ayant retiré le fief à son fils Thibaut, celui-ci s'en empara de vive force. A peine était-il rentré dans sa possession que les habitants, dont il n'avait éprouvé aucune résistance, sortirent en foule de l'église où ils s'étaient réfugiés.

Les soldats lorrains ayant trouvé les maisons vides, avaient pénétré dans les caves et s'y étaient mis à vider les fûts de vin.

La population de Rosheim se rua sur les soldats isolés sans défense, et les massacrèrent.

L'église, dans laquelle les habitants de Rosheim s'étaient abrités, excite l'admiration des passants et des touristes.

Elle remonte au XIIe siècle (1).

(1) Les gens de Rosheim déclarent qu'elle remonte à l'année 915.

L'Eglise de Rosheim

LE SIEGE DE GUIRBADEN

Le château de Guirbaden fut un jour assiégé par une troupe si nombreuse, qu'on n'aurait pu le dégager, si on n'avait pas eu recours à une ruse. Toutes les provisions étaient épuisées, il ne restait qu'une vache et un petit sac de grains.

Les assiégés firent manger les grains à la vache, puis ils la jetèrent par-dessus le rempart dans le camp des ennemis.

Lorsque les assiégeants trouvèrent le blé dans l'estomac de la vache, ils désespérèrent de jamais prendre le château et levèrent le siège.

Les ruines du château de Guirbaden

LA TRAHISON DE GUIRBADEN

On raconte que vers la fin du XVIIe siècle, une bande de soldats lorrains, sous les ordres d'un valet de château, s'était emparé de Guirbaden et en massacra tous les habitants. La légende raconte qu'une fois par an, les âmes de ces malheureux se réunissent pour juger le traître.

A minuit, le seigneur se lève de sa tombe et parcourt le manoir, afin de réveiller les domestiques. Quatre valets descendent dans une cave voûtée, et en remontent le cercueil de la comtesse de Guirbaden. On forme un cercle autour du seigneur, et on amène le traître vêtu d'une chemise rouge. Alors le jugement commence. L'accusé cherche à se défendre, mais en vain, toute l'assistance le déclare coupable. La comtesse qui est restée immobile jusqu'au prononcé de la sentence, s'écrie d'une voix claire : « Seigneur, venge la trahison! » Aussitôt le coupable est massacré. On sonne le tocsin et tous les fantômes tourbillonnent autour du criminel, pour disparaître ensuite aux premières lueurs du jour naissant.

LA FILLE DU GEANT DE NIDECK

Jadis, le château de Nideck était habité par des chevaliers d'une taille gigantesque. Un jour, la fille d'un de ces géants s'avisa de quitter l'obscurité des forêts. A peine eut-elle fait quelques pas, qu'elle se trouva près du village de Haslach, au milieu d'un champ qu'un paysan était en train de labourer.

L'aspect du petit être qui se démenait pour conduire son attelage était nouveau pour elle et la remplit de surprise. Elle s'agenouilla pour examiner de plus près ces merveilles inconnues. Obéissant à une mauvaise impulsion, elle posa sa main sur le sol, et, enlevant d'un seul coup, paysan, chevaux et charrue, elle les enferma dans son tablier. Elle regagna ensuite le château, et toute joyeuse, elle entra chez son père qui buvait le vin rafraîchissant de la contrée. En plaçant l'attelage sur la table, elle le poussa du doigt, comme pour lui faire continuer sa course. Mais le géant fronça le sourcil en signe de mécontentement et dit : « Ma fille, tu viens de faire une bien mauvaise action. Ceci n'est point un jouet. Va vite remettre à son travail cet homme et sa charrue. Sache que c'est lui qui cultive le blé dont on fait le pain que nous mangeons. Si le paysan ne labourait pas la terre, nous autres géants, nous n'aurions pas de quoi vivre sur nos rochers. »

Le Vidéck

LE PASTEUR OBERLIN

En 1767, à l'âge de 24 ans, Jean-Frédéric Oberlin fut nommé pasteur au Ban-de-la-Roche, et il garda ce poste jusqu'à sa mort, en 1826. Il demeurait à Waldersbach, village situé dans une vallée perdue des Vosges. La contrée était sauvage et ceux qui l'habitaient fort misérables.

Quand Oberlin arriva dans le pays, on n'y conaissait presque pas l'agriculture. Il montra aux paysans les procédés employés pour ensemencer, fertiliser le sol, augmenter la production de la pomme de terre, seule ressource du pays. Mais on reçut d'abord fort mal ses conseils. Oberlin ne se découragea pas, il cultiva lui-même le jardin presbytéral. Les beaux résultats obtenus lui donnèrent raison, et l'on suivit désormais son exemple.

Il fallait aussi des routes pour communiquer avec l'extérieur. Quand Oberlin engagea ses paroissiens à en tracer, ils refusèrent tous. Il se mit alors lui-même au travail, secondé par quelques hommes seulement. Entraînés par son exemple, les paysans se joignirent peu à peu à lui, de sorte qu'au bout de quelque temps, le val du Ban-de-la-Roche fut sillonné de bonnes routes, allant dans toutes les directions.

Les gens fabriquaient eux-mêmes ce dont ils avaient besoin, car il n'y avait pas d'ouvriers. Oberlin envoya de nombreux jeunes gens à Strasbourg pour apprendre différents métiers, et doter le pays d'artisans capables et habiles. Les habitants n'eurent désormais plus besoin de chercher au loin ce qui leur manquait.

Comme la contrée était très pauvre, il y avait bien peu à gagner. Oberlin adressa à plusieurs riches fabricants la demande d'installer des usines dans la contrée. Son désir fut exaucé : un tissage et une filature y furent bâtis.

Oberlin fit encore plus : il créa des écoles, la première fut construite à Waldersbach. Il pria les parents d'y envoyer les enfants aussi régulièrement que possible. Sa servante, Louise Scheppler, allait chaque jour chercher les plus petits. Elle jouait et chantait avec eux, et leur apprenait toutes sortes d'histoires et de chansonnettes. Ce fut là, la première école maternelle.

Pendant 60 ans, Oberlin prit ainsi soin de ses paroissiens qui l'aimaient et le vénéraient comme un père, et l'appelaient : Papa Oberlin. Il mourut le 1er juin 1826, âgé de quatre-vingt-six ans.

Tous les habitants du Ban-de-la-Roche suivirent ses obsèques pour honorer une dernière fois leur pasteur qui leur avait prodigué sa vie durant de bons conseils et d'inestimables bienfaits.

ARGENTORATUM

Dans les temps les plus reculés, l'emplacement où s'élève le Strasbourg actuel était une forteresse de forme carrée. Son nom était Argentoratum. Elle était limitée d'un côté par l'Ill, et de hautes murailles l'entouraient sur les quatre côtés. Ces murailles étaient bâties de briques et flanquées de hautes tourelles. Tout autour de l'enceinte était creusé un fossé large et profond. A l'intérieur, bordant une grande cour, se trouvaient les logements des officiers et des soldats. On y trouvait aussi des dépôts de marchandises et une fabrique d'armes et de monnaie. Au milieu se dressait un grand temple consacré au dieu de la guerre, Mars. C'est à cet endroit que fut bâtie plus tard la cathédrale.

Le vieux Strasbourg. — La Cour du Corbeau

LE VIEUX STRASBOURG

Tout autour de la ville était creusé un fossé large et profond. En arrière s'élevait un grand mur qui était si large qu'on pouvait facilement y circuler. Ce mur était flanqué de près de quatre-vingt-dix tours. On entrait dans la ville par des pont-levis en bois. Ces ponts étaient relevés pendant la nuit, même en temps de paix. Les rues étaient tortueuses et étroites et comme elles n'étaient pas pavées, elles étaient très sales en temps de pluie.Les maisons étaient bizarrement bâties; les étages supérieurs surplombaient le rez-de-chaussée, de sorte que les rues étaient encore plus étroites en haut qu'en bas, et qu'elles étaient très sombres. D'une maison à l'autre on pouvait se donner une poignée de main.

L'Ill était traversée par des ponts de bois. Il y avait aussi à Strasbourg quelques places publiques, où se tenaient les marchés. Dans les rues et sur les places, il y avait des puits à poulie, où les habitants venaient puiser l'eau.

Les plus beaux édifices de Strasbourg étaient la cathédrale ainsi que l'hôtel de ville et la pfaltz: les maisons de la bourgeoisie et les couvents étaient bâtis en briques. Les maisons des artisans avaient des murs en bois et en terre glaise et des toits de chaume. Les portes et les fenêtres étaient ornées et sculptées, et presque chaque maison avait une tourelle. Les incendies étaient fréquents et se propageaient facilement d'une maison à l'autre.

LA CATHEDRALE DE STRASBOURG

A l'endroit où s'élève actuellement la cathédrale de Strasbourg, se trouvait, il y a bien deux mille ans, un bosquet sacré, au milieu duquel s'élevaient trois hêtres puissants et touffus. Sous ces arbres les paysans vénéraient leur dieu de la guerre. Une foule venue de tous les districts, proches ou lointains, se pressait en ce lieu, et, pleine de dévotion et de profond respect, sacrifiait ses victimes à la terrible divinité.

Les hêtres restèrent longtemps debout; mais, lorsque les Romains firent la conquête de l'Alsace, leurs cognées abattirent le bosquet sacré. Ils y construisirent un magnifique temple peu après, au cours d'une terrible guerre.

Ainsi que les trois hêtres, le temple romain disparut à son tour. Après avoir été baptisé, le roi Clovis (1), fit bâtir à la même place une église simple et modeste. Celle-ci fut détruite peu après, au cours d'une terrible guerre.

La cathédrale actuelle, commencée en 1015, ne fut terminée qu'en 1439. Son principal architecte était Erwin de Steinbach, dont la fille Sabine est l'auteur des principales et plus belles statues qui ornent l'édifice. Aujourd'hui, ce merveilleux édifice domine toute la contrée de sa splendeur.

(1) Clovis premier roi de France

La Cathédrale de Strasbourg

LA LEGENDE DE L'HORLOGE DE LA CATHEDRALE DE STRASBOURG

L'horloge de la cathédrale de Strasbourg resta longtemps inachevée. Le maître qui l'avait inventée était mort et il ne se trouvait personne qui pût terminer son œuvre.

Enfin arriva à Strasbourg un maître étranger qui promit de finir l'œuvre commencée, et il parachevа ce chef-d'œuvre au-delà de toute espérance. Un jour, à midi, il montra pour la première fois au peuple étonné, l'horloge en mouvement. Les cloches sonnèrent et la Mort indiqua les heures. Les apôtres passèrent devant le Sauveur en s'inclinant devant lui. Les deux lions qui tenaient les armes de la ville commencèrent à rugir. Ce fut un jour de fête et de joie pour toute la ville.

L'œuvre achevée, le jeune artiste voulut s'en aller, mais le Conseil des échevins de la ville n'y consentit pas. Il craignait que l'artiste n'exécutât dans une autre ville un chef-d'œuvre analogue, et il voulut être seul à posséder une telle merveille. C'est pourquoi il fit crever les yeux à l'artiste.

Mais bientôt la ville fut punie de cette cruauté. L'artiste aveugle devint de jour en jour plus faible et plus malade, et l'horloge elle-même ne marchait plus exactement. Lorsque le maître mourut, elle s'arrêta tout à fait (1). Plus tard, un autre grand artiste, Schwilgué, réussit à remettre l'horloge en mouvement (1842).

(1) De fait cette horloge construite d'après les indications de Dasypodius, mathématicien strasbourgeois, et celle des frères Isaac et Iosias Habrecht de Schaffhouse s'arrêta en 1789.

L'horloge de la cathédrale de Strasbourg

LA PESTE NOIRE ET LES MASSACRES DES JUIFS

En 1349 une peste horrible, qui avait déjà désolé la rive droite du Rhin, vint s'abattre sur l'Alsace. Cruellement frappés et impuissants à se défendre contre l'invasion du fléau exterminateur, les habitants se laissèrent persuader par de misérables instigateurs et accusèrent les Juifs d'avoir empoisonné les sources et les fontaines.

En 1349, la persécution devait prendre un autre caractère que celle qui, quelques années auparavant, avait été mise en œuvre par les Armleder, deux chevaliers qui demandèrent l'extradition des Juifs de Colmar et commirent beaucoup d'atrocités.

Lors de la première, les seigneurs et les villes s'étaient ligués pour faire cesser le massacre des Juifs; lors de la seconde persécution, l'accusation portée contre eux retentit jusqu'aux oreilles des grands, et partout on se livra à des enquêtes qui, même si elles ne prouvaient aucun crime, amenèrent du moins la découverte des richesses des Juifs et les moyens de s'en emparer. Sous le prétexte de quelques aveux arrachés par la torture à des infortunés livrés au feu, le massacre fut décidé.

La haine qui s'était répandue en Allemagne contre les Juifs amena à Strasbourg de bien tristes excès. On y traîna plus de deux mille victimes au bûcher et leurs richesses furent confisquées.

L'INVENTION DE L'IMPRIMERIE

Aujourd'hui on n'a que des livres imprimés. Mais il y a 500 ans, il fallait les écrire tous. Les moines copiaient les ouvrages dans les couvents. C'était pénible et de longue durée; aussi un livre coûtait-il fort cher; c'est pourquoi seuls les riches pouvaient en acheter.

Lorsqu'on commença à imprimer, cela ne se faisait pas encore comme aujourd'hui. On gravait les lettres sur des planches de bois, lesquelles, enduites ensuite d'une encre visqueuse, permettaient de reproduire le texte à de nombreux exemplaires. Mais une planche ne reproduisant qu'une page de texte, il fallait en graver autant que l'ouvrage devait avoir de pages. Cela encore demandait beaucoup de temps, et le prix des livres ne baissa pas.

Gutemberg eut l'idée géniale de séparer les lettres et de les faire couler en plomb dans un moule. Dès lors, on pouvait les réunir pour composer un livre, puis les séparer de façon à ce qu'on pût en faire un autre. Gutemberg provoqua ainsi une véritable révolution dans l'art de l'imprimerie.

Gutemberg vécut longtemps à Strasbourg, où on lui a érigé une statue en 1840; il est né à Mayence. C'est là qu'il se retira lorsqu'il eut perdu toute sa fortune. D'autres ont tiré profit de son art, mais lui-même mourut pauvre sans avoir pu acquitter ses dettes.

Monument de Gutemberg à Strasbourg

LE FILS DE L'AMMEISTER (1)

A Strasbourg vivait, il y a plusieurs siècles, un ammeister aimé et vénéré partout pour sa vertu et son esprit de justice Mais il avait un fils léger et désobéissant.

Le Sénat avait déjà, à plusieurs reprises, rigoureusement interdit aux cavaliers de se lancer au galop à travers les rues de la ville. Le fils de l'Ammeister ne se souciait guère de cette défense et parcourait souvent la ville au grand galop d'un coursier fougueux. Le jeune homme prenait un grand plaisir à voir tout le monde s'enfuir devant lui.

Mais un jour, qu'il galopait à travers une ruelle, un petit enfant ne put se sauver, fut piétiné et rapporté sans vie à ses parents. A la vue du malheur qu'il venait de causer, la vivacité et la brusquerie du jeune homme firent place au désespoir et à un profond abattement. Les malheureux parents de la petite victime portèrent plainte contre l'assassin. L'Ammeister monta au tribunal, et à son grand effroi reconnut en l'accusé son fils. Mais il se fit violence et réduisit au silence la voix de son cœur; il resta impitoyable, et, malgré les prières de toute l'assistance, ne connaissant que son devoir, il condamna son fils à mort.

(1) L'Ammeister était le premier magistrat de la ville de Strasbourg.

LES MEISELOCKER (1)

Nous entendons souvent les Alsaciens taquiner les Strasbourgeois du nom de « **Meiselocker** » (ceux qui attirent les **mésanges**).

Le roi de France Henri II approchait de la ville de Strasbourg avec une armée considérable. Les Strasbourgeois, pour montrer qu'ils ne le craignaient pas, construisirent une pièce d'artillerie, surnommée « **La Mésange** » (**Meise**), et envoyèrent un boulet sur la tente du roi qui campait près du village de Hausbergen. Jusqu'à nos jours, les Strasbourgeois ont gardé leur nom de Meiselocker, en souvenir de leur canon.

Strasbourg a toujours joui d'une grande renommée quant à ses canons. Un vieux dicton en fournit la preuve :

« L'esprit de Nüremberg, l'artillerie de Strasbourg, la puissance de Venise, le luxe d'Augsbourg et l'argent d'Ulm, sont renommés partout. »

(1) Presque toutes les localités d'Alsace ont leur sobriquet :

Les Colmariens sont surnommés les : « **Knoepfler** ».

Les gens de Bouxwiller sont des « Plattenchlecker » (lèche-plats).

D'autres sont des « Buechsensaecke » (étuis à fusils), des « Manteltraeger » (porte-manteau).

Plusieurs endroits portent le nom d'universités aux ânes, ainsi : Wangen et **Westhalten**.

Le chaudron dans lequel les Zuricois apportèrent en 1576 la bouillie de Millet.

LA BOUILLIE DE MILLET DES ZURICHOIS

La ville libre de Strasbourg organisa en été 1576 un grand tir qui dura deux mois. On invita des délégations de beaucoup de villes et des seigneurs étrangers. Plus de quatre cents tireurs du dehors arrivèrent, parmi lesquels soixante Zurichois. Dans leurs lettres, ils décrivirent à leurs compatriotes la splendeur de la fête.

Cinquante-quatre citoyens de Zurich décidèrent alors d'aller à Strasbourg pour participer à ces réjouissances. Mais ils voulurent faire le voyage sur la Reus et le Rhin. Ils s'embarquèrent le 20 juin, à deux heures du matin, à Zurich, et arrivèrent à huit heures du soir à Strasbourg. Ils furent reçus par les magistrats et le peuple avec de grands cris de joie. En un immense cortège on les conduisit à l'auberge. Ils distribuèrent aux enfants 300 petits pains blancs qu'ils avaient apportés de Zurich.

Mais ils avaient encore autre chose : un chaudron (1) avec de la bouillie de millet, cuite à

(1) Ce chaudron, conservé à la bibliothèque de la ville de Strasbourg, fut en partie détruit lors de l'incendie du 25 août 1870.
Il se trouve actuellement au musée historique.

Zurich, qui était encore toute chaude lorsqu'ils arrivèrent à Strasbourg. Cela devait être le symbole de la rapidité avec laquelle les Zurichois viendraient au secours des Strasbourgeois si jamais leur ville était en danger. On mangea la bouillie en commun à l'auberge.

Les hôtes restèrent encore plusieurs jours à Strasbourg et furent partout acclamés. Pour le retour, le magistrat leur fournit six voitures, paya tous les frais de voyage et fit frapper une médaille commémorative. A leur retour, les Zurichois passèrent par Benfeld, Sélestat, Colmar, Ensisheim, Mulhouse : partout, ils furent bien accueillis. Le huitième jour après leur départ ils arrivèrent à Zurich.

Les Suisses ont tenu leur promesse. Le 11 septembre 1870, au moment où le bombardement de la ville faisait rage, trois délégués suisses purent entrer dans Strasbourg et offrir aux assiégés le secours hospitalier de la Suisse. C'est ainsi que successivement trois convois de vieillards, de femmes et d'enfants purent quitter la ville.

LA FETE DE LA FEDERATION.

A STRASBOURG

La Révolution de 1789 fut très bien accueillie en Alsace. L'Alsacien avait depuis toujours aimé la liberté par-dessus tout; déjà, au Moyen-Age la plupart des villes se révoltèrent contre leurs seigneurs et se constituèrent en petites Républiques.

Une des fêtes les plus imposantes du début de la Révolution est assurément la fête de la Fédération à Strasbourg, qui eut lieu le 14 juin 1790.

Dès l'aube, la garde nationale se rendit à la plaine des Bouchers, où on avait élevé l'autel de la Patrie. De jeunes Strasbourgeoises, vêtues de blanc, entouraient l'autel, orné de drapeaux tricolores. On y baptisa, au milieu de la foule, deux nouveaux-nés, l'un catholique et l'autre protestant. Les actes de baptême furent signés par tous les officiers présents. Au courant de l'après-midi une délégation de la garde nationale alla au pont de Kehl planter un drapeau tricolore portant l'inscription : « Ici commence le pays de la Liberté! »

Le soir on illumina la cathédrale.

LE SIEGE DE DABO

Lors des guerres entre la France et l'Autriche, vers la fin du XVIIe siècle, le château de Dagsbourg (Dabo) était presque entièrement délaissé par son propriétaire. Il servait seulement encore de refuge aux braconniers des environs En 1675, les troupes autrichiennes vinrent cerner la roche du château. Les courageux tireurs du Dabo narguèrent les ennemis et leur lancèrent du haut de la roche une chèvre morte, tenant entre ses pattes de devant une quenouille ornée de cette devise :

« So wenig ihr die Geis lehrt spinnen,
So wenig werdet ihr Dagsburg gewinnen. »
(Quand la chèvre filera
Dagsbourg se rendra.) (1)

Néanmoins, les Autrichiens s'emparèrent du château; mais déjà deux ans après, une troupe de soldats français le prit après une résistance de cinq jours.

(1) Voir E. Wagner, *Les Ruines des Vosges*, Berger-Levrault & Cie, édit.

POURQUOI SONNE-T-ON LES CLOCHES A KOCHERSBERG A ONZE HEURES?

A Kochersberg se rencontrèrent une fois deux armées ennemies. Elles luttèrent longtemps, mais aucune ne voulut céder. Comme les deux armées avaient besoin de repos, les commandants conclurent un armistice de huit jours. Le huitième jour, quand les cloches sonneraient midi, il devait prendre fin.

Le chef d'une des armées, ayant moins de combattants que son adversaire, avait peur de la nouvelle bataille. Il chercha à s'aider au moyen d'une ruse. Le huitième jour arrivé, il fit sonner les cloches des villages des environs à onze heures. A peine les cloches s'étaient-elles tues, qu'il se mit à attaquer l'ennemi. Celui-ci n'étant pas encore prêt fut battu et prit la fuite. Depuis ce jour-là, on sonne à Kochersberg les cloches à onze heures et non à midi.

LA REVOLTE DES PAYSANS EN ALSACE

Au XVIᵉ siècle, le paysan n'était pas encore libre comme il l'est aujourd'hui. Sujet d'un seigneur, il était très durement traité. Il était presque écrasé par les impôts et par la misère. A bout de souffrances, il se révolta et, terrible dans sa colère, il fit trembler les nobles et les bourgeois jusque derrière leurs remparts, et leur fit craindre de sanglantes représailles.

Le premier soulèvement, connu sous le nom de l'insurrection du « Bundschuh », eut lieu vers 1488. Mais mal dirigés, les paysans laissèrent à l'ennemi le temps de se remettre de sa stupeur, et, attaqués à l'improviste dans leurs retraites, ils furent défaits, dispersés et leurs chefs pris et écartelés.

A plusieurs reprises, le peuple des campagnes se souleva contre la tyrannie des nobles, et en 1525 un mouvement plus terrible que les précédents se produisit et replongea l'Alsace dans la terreur. Les révoltés s'emparèrent en peu de temps de plusieurs places fortes; quelques monastères, dont ils s'étaient saisis, furent pillés et rasés.

Le duc de Lorraine traversa en toute hâte les Vosges à la tête de ses meilleures troupes et vint attaquer ceux qui s'étaient emparés de Saverne. S'étant rendus à la condition d'avoir la vie sauve, le duc ne leur tint pas parole et les fit massacrer par ses troupes.

La révolte fut réprimée sur tous les points et d'aussi terribles représailles firent retomber pour longtemps les paysans sous la tyrannie des seigneurs.

LE FRATRICIDE DU HOHBARR

Près de Saverne se dressent trois vieux châteaux : Hohbarr, Grand Geroldseck et Petit Geroldseck. Ils sont très rapprochés l'un de l'autre. Jadis ils étaient habités par trois frères. L'aîné avait Hohbarr, le second Grand Géroldseck et le plus jeune Petit Géroldseck. L'aîné était méchant et cupide. Son désir était de posséder les châteaux de ses frères, et il mit la main sur tout ce qu'il put prendre, soit par ruse, soit par force. Il résolut de se débarrasser d'abord de son second frère. Afin que personne ne s'en aperçut, il recourut à une ruse. Un jour que les frères chassaient ensemble, des soudards sortirent brusquement d'un bois. Ils saisirent le seigneur de Géroldseck, lui bandèrent les yeux et le traînèrent au château de Hohbarr. Là, le frère cruel le fit jeter dans un puits vide. Chaque jour le cuisinier du château lui passait un morceau de pain moisi et un verre d'eau. La femme du prisonnier le chercha partout, mais personne ne savait rien sur son sort, si bien qu'elle le crut mort. Après quelque temps, le seigneur de Hohbarr partit en guerre. Pendant son absence, le cuisinier fut touché de compassion pour le prisonnier et lui donna une meilleure nourriture.

Ainsi se passèrent trois ans. Enfin, la nouvelle arriva que le retour du châtelain était proche. Le cuisinier résolut de délivrer le prisonnier, avant l'arrivée de son maître. Profitant d'une nuit sombre il descendit une forte corbeille dans le puits. Le prisonnier y prit place et le libérateur le fit remonter. Il lui coupa les cheveux et la barbe et le ramena la même nuit à Grand Géroldseck. Son frère cadet et les seigneurs des environs apprirent bientôt sa délivrance.

Peu après le seigneur de Hohbarr revint. Il fêta son retour par un grand festin auquel il convia son jeune frère et beaucoup de seigneurs du voisinage. Pendant le repas on raconta de nombreuses histoires de guerre et l'on en vint aussi à parler du crime du fratricide. Tout à coup un chevalier se plaça devant le seigneur de Hohbarr et lui dit : « Comment punirais-tu un fratricide. » « Je tuerai le coupable sur place. » « C'est ton jugement que tu viens de prononcer, s'écria le chevalier de Géroldseck, car c'était lui, en lui plongeant son épée dans le cœur. »

Vue historique de Saverne et des trois châteaux : Hohbarr, Grand et Petit Geroldseck

LES PANDOURS AU CHATEAU DE HOHBARR

En 1744, une guerre désastreuse éclata en Alsace et c'est alors que les pandours, venant de Croatie, envahirent le pays, ayant à leur tête le colonel Trenck.

Ils dévastèrent villes et villages et tuèrent les habitants. Saverne fut obligée de leur ouvrir ses portes. Derrière Saverne, à mi-chemin de Phalsbourg, ils élevèrent un rempart entouré d'un fossé. Il est connu sous le nom de Fossé des Pandours et existe encore de nos jours. De Saverne, les pillards montèrent au château de Hohbarr et l'occupèrent.

Tous les habitants de Hohbarr avaient fui, sauf le fils du fermier; c'était un jeune homme courageux. Il monta au moyen d'une échelle sur le plus haut rocher. Une chèvre qu'il avait emmenée lui procurait sa nourriture qui ne consistait qu'en lait. Arrivé au haut du rocher, il retira l'échelle et la cacha, afin que personne ne put parvenir jusqu'à lui. Des enfoncements dans le rocher le protégeaient des projectiles des ennemis; mais lui-même pouvait les blesser à l'aide d'une fronde à pierres qu'il s'était fabriquée. Au bout de quelques jours les pandours s'en allèrent de nouveau sans avoir eu aucun succès.

LE SAUT DE CHARLES

Au côté du col de Saverne, non loin de la frontière lorraine, s'élève un grand rocher. Un côté tombe à pic dans un précipice; il porte le nom de « Carlssprung », qui signifie « Saut de Charles ». Ce nom provient du duc Charles de Lorraine. Celui-ci était un jour poursuivi par des ennemis et ne voulant pas tomber dans leurs mains, il sauta avec son cheval du haut du rocher dans le précipice. Tous deux arrivèrent sains et saufs en bas. L'on y voit encore de nos jours l'empreinte des fers du cheval.

L'ATTAQUE DU FORT DE LA PETITE-PIERRE

Les archers et les valets du château de Lutzelstein étaient rassemblés un soir et se racontaient réciproquement leurs aventures. C'est ainsi que l'un d'eux rappela qu'à pareille occasion l'ennemi, profitant de la négligence du gardien, s'était emparé du fort. Ce récit attira l'attention du gardien à demi somnolent, qui alla immédiatement faire la ronde. A peine s'était-il éloigné qu'on entendit le cri : « A l'ennemi! à l'ennemi! » François de Sickingen, chevalier allemand du Palatinat, avait commencé à escalader les murs, protégé par la brume d'hiver. Les habitants du château prirent les armes et purent repousser les assaillants après un rude combat.

LE NOM DU CHATEAU DE LICHTENBERG

Il y a quelques centaines d'années, un riche comte vivait à Rotbach. Il avait en fief tous les environs et désirait construire un château sur un haut mont. Il entreprit un voyage dans la montagne, afin de chercher un bel emplacement. Non loin de Rotbach il trouva un sommet qui lui plut, mais il n'y avait pas d'eau. Lorsqu'il rentra, il rencontra un jeune berger qui lui dit : « Je m'en vais vous montrer un endroit où les rochers sont toujours humides ». Le comte l'accompagna et le jeune homme le conduisit à une place marquée par des rocs immenses. De là on avait une vue splendide sur tout le pays. Il y avait aussi de bonnes sources, et le comte s'y plut si bien qu'il y construisit son château. Il lui donna le nom de Lichtenberg qui veut dire : Montagne claire.

Le château de Lichtenberg

LES FRERES DE LICHTENBERG

Deux comtes de Lichtenberg s'accordaient fort mal. Celui qui résidait à Lichtenberg avait juré de prendre son frère et de le faire mourir de soif. L'autre, qui siégeait au Teufelsschloss (château du diable), voulait faire mourir son frère de faim. Le premier réussit à s'emparer de son frère. Il l'incarcéra dans une profonde prison, ne lui donnant chaque jour qu'un morceau de pain sec pour toute nouriture. Mais le pauvre prisonnier pouvait quand même mouiller son pain avec des gouttes d'eau tombant des murs. C'est ainsi qu'il résista longtemps. Le frère cruel, ayant appris la chose, emprisonna le malheureux dans une chambre du beffroi et le pauvre prisonnier, n'ayant plus d'eau, y mourut misérablement.

LE SIEGE DU CHATEAU DE LICHTENBERG

Le château de Lichtenberg était occupé jusqu'en 1870 par cinquante fantassins, commandés par un lieutenant. De plus, il y avait huit canons sur les remparts. Lorsque la guerre éclata, six artilleurs se joignirent à cette faible garnison. Après la bataille de Woerth, 2 soldats s'y réfugièrent. La garnison comptait alors 256 hommes. Dans la nuit du 8 août un bataillon wurtembergeois vint assiéger le château. Les habitants du village se réfugièrent dans les casemates ou se cachèrent dans leurs caves. Les Français se battaient aussi bien que possible; mais il fallut céder sous le nombre et ils se rendirent, dans la nuit du 9 août, aux ennemis. Treize Français étaient morts, et beaucoup étaient blessés. Depuis il ne reste du château que quelques ruines de la chapelle.

LA FONDATION DE HAGUENAU

Le duc de Souabe et d'Alsace, Frédéric le Borgne, chassait un jour dans la forêt de Haguenau avec une nombreuse suite. Cette grande forêt portait alors le nom de « Forêt sacrée », puisque Haguenau n'existait pas encore. Les chiens annonçaient beaucoup de gibier par leurs abois, mais les chasseurs n'en voyaient pas. Suivant les chiens, la société arriva à une rivière : la Moder. Les chiens, n'osant pas traverser l'eau, s'étaient arrêtés en aboyant. Au milieu de la rivière se dressait une « Aü », ou île couverte de haies (en allemand Hag), où le gibier s'était réfugié. Le duc, voyant cela, cessa la chasse et, comme cette île lui plut, il se dit qu'elle fournirait un bel emplacement pour un château de chasse. La résolution prise, il envoya peu après des ouvriers qui lui bâtirent un tel château. Il le nomma Haguenau, parce qu'il se trouvait sur une « Aü » couverte d'un Hag. Plus tard le château fut agrandi. Autour du bourg se dressèrent, peu à peu, d'autres maisons. C'est ainsi que la ville de Haguenau prit naissance.

LE « LINDENSCHMITT »

Derrière Lembach, dans la vallée de la Sauer, se dressent sur une montagne les ruines du château de Lowenstein (Pierre du Lion). Ce fut la résidence d'un chevalier pillard, nommé le « Lindenschmitt ». Partout on le redoutait et personne n'était sûr de lui, car il courait le pays avec ses compagnons toute l'année. Il vint même jusqu'au Rhin et pilla les marchands qui y passaient. Ses ennemis le guettèrent en vain, car il prit des sentiers connus de lui seul pour échapper à leurs poursuites.

Un jour on informa le margrave de Bade que le Lindenschmitt rôdait de nouveau aux environs du Rhin. Le margrave ordonna au chevalier Gaspard de Freundsberg de le saisir et de le lui remettre. Ce fut plus tôt dit que fait. Avant tout il fallait savoir où le Lindenschmit se trouvait. Pour cela le chevalier envoya en avant un paysan rusé qui devait trouver les traces du pillard. Le paysan se rendit dans une auberge, à Frankental, dans le Palatinat. Il commanda un dîner pour trois charretiers qui, dit-il, devaient arriver du marché avec trois voitures bien chargées. Il s'informa s'il pouvait mettre à l'écurie les chevaux des voitures. « J'ai assez de vin et de pain, répondit l'aubergiste, mais dans l'écurie il y à déjà trois chevaux appartenant au Lindenschmitt ». Le paysan en savait assez et il retourna sur le champ auprès de son maître, qui s'était caché à proximité de l'auberge, et lui raconta ce qu'il venait d'apprendre.

Lorsque le paysan revint à l'auberge, il vit le Lindenschmitt couché sur un banc en train de dormir. Son fils et un palefrenier étaient assis à côté de lui. Le fils. qui avait entendu la conversation entre le paysan et l'aubergiste. eut des soupçons. réveilla son père et voulut s'enfuir. Mais ce fut trop tard. car déjà la porte s'ouvrit et Gaspard de Freundsberg entrait avec ses gens d'armes. Le Lindenschmitt essaya en vain de se défendre, il fut désarmé et dut se rendre.

Le vainqueur ramena ses prisonniers au margrave de Bade. Le Lindenschmitt demanda grâce pour son fils et le palefrenier. mais ils furent exécutés comme lui le lendemain matin.

HANS TRAPP

Il est d'usage, dans tout le Bas-Rhin principalement, qu'à Noël le Christkindel (enfant Jésus), représenté par une jeune fille vêtue de blanc, soit accompagné d'un personnage répandant la terreur et l'épouvante parmi les enfants et chargé de châtier à coups de verges ceux qui ont été désobéissants pendant l'année.

L'origine de Hans Trapp remonte au commencement du XVIe siècle. A cette époque vivait au château de Berbelstein dans le Palatinat, un chevalier nommé Hans von Tratten. Il était connu dans tout le pays par la cruauté inouïe dont il faisait preuve envers les paysans de son domaine. Il dévastait la contrée et prenait plaisir à incendier les fermes et à en massacrer les habitants. C'est ainsi qu'encore de nos jours on intimide les enfants en leur disant : « Si tu ne restes pas tranquille, Hans Trapp viendra te chercher. »

TABLE DES RÉCITS

1re PARTIE

HAUT-RHIN.

2e PARTIE

BAS-RHIN.

Pages

TABLE DES CLICHÉS

G SUBERVIE
IMPRIMEUR
RODEZ

www.ingramcontent.com/pod-product-compliance
Lightning Source LLC
LaVergne TN
LVHW020316230826
846091LV00003B/694

* 9 7 8 2 3 2 9 0 4 0 5 4 7 *